KB180996

푸른사상
시선

58

봄들에서

정 일 남 시집

푸른사상
PRUNSASANG

푸른사상 시선 58

봄들에서

인쇄 · 2015년 9월 5일 | 발행 · 2015년 9월 10일

지은이 · 정일남
펴낸이 · 한봉숙
펴낸곳 · 푸른사상
주간 · 맹문재 | 편집 · 지순이 | 교정 · 김수란

등록 · 1999년 7월 8일 제2-2876호
주소 · 서울시 중구 충무로 29(초동) 아시아미디어타워 502호
대표전화 · 02) 2268-8706(7) | 팩시밀리 · 02) 2268-8708
이메일 · prun21c@hanmail.net / prunsasang@naver.com
홈페이지 · http://www.prun21c.com

ⓒ 정일남, 2015

ISBN 979-11-308-0523-8 04810
ISBN 978-89-5640-765-4 04810 (세트)

값 8,000원

봄들에서

객지는 향수와 한패가 되어 싸고돌았다.

내 삶은 고운 무늬를 이루지 못했다.

고향 밀밭을 잊은 지 오래다.

허기지면 시를 주워 먹었다.

생은 이렇게 질기다.

열 번째 시집을 낸다.

2015년 여름
정일남

제2부

제3부

제4부

제1부

가을 탐방

기차는 오렌지색 벌판을 달린다
새들은 양쪽으로 흩어지고
나는 가야국으로 역사 탐방을 떠난다

가야금은 가야를 울렸던 소리
가야의 발음이고 가야의 슬픔이며 가야의 사랑이었으리
가야의 숨결은 살아 있다
가야는 멸망한 것이 아니라 지금도 진화하는 과정이니
가야는 햇볕 온기로 익어가고
가야금을 뜯던 여인의 손은 가야를 꽃피우던 손

가야가 그리운 나는
기차를 타고도 기차가 그리운 한심한 사람
역사 탐방도 필수적이나
나 자신을 찾는 탐방은 아직
미제로 남아 있다

바위

새가 날아간 배후에

저녁은 스며들고 있었다

묵직한 침묵의 덩어리는 내 발걸음이

가까이 가도 소스라치지 않고 색이 변할 리도 없고

침묵을 어쩔 수 없어

동업이나 하자 그게 좋지 않겠나

그러자 침묵의 선배 어른은 몸이 무거우니 망정이지

그렇지 않으면 벌써 날아갔을 거야

그런 표정이 되어 나를 상대해주었다

여름은 오지 않을 것 같았는데

그렇게 힘들지 않고

산비탈에 마거리트는 와 있었다

무엇이 그리운지도 모르고 피어 있었다

꽃잎 미소의 끔찍한 여자도 가버린 저녁

화유(花遊)

벚꽃이 대박을 터뜨렸다
일시에 터뜨린 공세로 꽃 멀미를 앓는다
대박 터지고 며칠을 못 가 낙화하고 마는 것이다
견딜 수 있을까

사람의 어느 귀도 아직 듣지 못한 소리를
봄은 수레를 밀고 오면서
몇만 송이의 꽃이 장례를 치르는 날
이미 오래전에 청춘의 데이트는 끝나고
꽃그늘에서 그대의 상여를 보냈다
꽃이 떨어진 가지에 녹음이 도래할 것이다
그대가 상여에 싣고 간 꽃들
나는 오래 취해보리라

개의 눈에는 낙화가 돌팔매로 보이고
나비의 눈에는 낙화가 석청으로 보인다면
내 눈에는 꽃잎이 꽃잎으로 보여야지

객지

— 1980년대

멀리 날아온 풀씨 하나

낯선 변두리에 뿌리박아 살고 있다

서풍에 바다 냄새 살에 스미는 타향이란다

개미들의 상여 떠메고 가는 행렬도 보고

쇠똥구리가 버거운 짐을 굴리며 언덕을 오르는 곳

노역에 이골이 난 나도 흙과 목욕하며

밥그릇 채우기 힘들 때 동요가 심했다

경운기를 세우고 저녁 강에 서서

갈대 흔드는 하얀 바람에 땀을 식힐 때

벌레와 말동무나 하며

풀을 베어 젖소를 길러보니

풀이 우유가 된다는 이치에 놀랐다

검은 옷을 입은 밤의 난간 아래

젖소는 주인의 처지를 알고 누울 때 긴 한숨을 쉬었다

오늘은 송아지 한 마리 태어나 식구가 늘어난 날
젖 강아지도 눈을 뜬 겹경사의 날

단풍 계곡

저녁은 일몰에 근접해 있고

명상가는 사색의 그물에 걸려 있다

폭포처럼 쏟아지는 은행잎이 길에 융단을 깔아준다

이 길을 밟고 가려니 어느 국빈이 부럽잖다

이미 나비들은 비명 없이 떠났고

철새들이 긋고 오는 하늘길이 원래대로 지워졌다

은행잎은 귀한 것이니 동남아에서 온 관광객들

사 가세요, 한 잎에

커피 한 잔 값이에요, 싸게 파는 거예요

이런 기회가 흔치 않아요, 기념품으로 사 가면 좋지요

까마귀는 『오감도』를 팔고 있다

상품이 난해해서 영 팔리지 않는다

계곡의 물소리는 잘 팔려 나간다

삭발 머리 파란 비구니

산길을 오르고 있다

어디 절집이 아직 남아 있을까

불길에 휩싸여 타버렸을 텐데

독거노인

그는 공원 벤치에 나와 앉았다
은행잎이 포위망을 좁히듯 앞뒤에 쌓인다

저기 임대 빌라를 돌아 여기 공원으로 찾아오는 또 다른 고독이
지팡이를 짚고 절뚝거리며 온다
고독과 고독이 만나 인사를 건넨다

햇살이 반사하는 벤치에
지팡이도 노쇠한 지금
은행잎이 비로소 은행잎으로 보인다
조락을 견디지 못하면
가려움이 온몸으로 번질 것 같다
두 고독이 황금색으로 변한다

봄

자전거를 타고 강변으로 멀리 달린다

자전거가 제 스스로 서는 자리

햇살도 웃는 자리에서

발을 물에 담근 버들강아지를 불러본다

요요요, 하면 걸어오던 강아지다

버들강아지가 눈을 뜨고 햇살을 부끄러워한다

서툴고 초보자의 어린 것이

보고 또 보라는 봄이다

꽃나무 아래 목발을 짚고 여자가 걸어온다

그 뒤로 날개 찢어진 나비가 따라온다

내게도 남은 여력을 다 바칠 숭배의 대상이 있었으면 좋

겠다

강가에서 여자가 울고 있었다

그를 위로하려고 가까이 가니

여자는 물속으로 들어가버렸다

생존자

무엇 하나 잡히는 것은 없고
도시는 첨단 괴물 행렬이 홍수로 밀려간다
내 발꿈치 뒤로 떨어지는 투신자살들은
도시에서 밥을 구하다 실패한 자들이다
밤의 빌딩 그늘에는
정령들이 모여들어 밤을 노래하며 춤춘다

한편 생존 전쟁에서 밥그릇을 채우려고
어느 용접공 시인은 햇볕에 탄 얼굴로 철판을 자르며
뜨거운 불꽃의 시를 쓴다
누가 응원가 불러주지 않는 세상
생의 격전지에서 살아남기 위해
용접공 시인은 그의 손끝에서
파란 불꽃을 발산했다

이른 봄

고궁에는 지금
비둘기의 붉은 발목 씻어 내리는 세우(細雨)가 촉촉하다

구름 위에 또 구름 있으니
춘심의 나무들 잿빛으로 부풀어 부드러워졌다
산새는 꽃을 보라고 보채는 것인데
염부제로 하생한 골짜기는 물빛이 손끝에 묻어난다
누가 마을에 와서 좋은 혼담 주고 돌아간 것 같다
산수유 봉오리 터지니 감탄사 하나 삽입하고 싶다
사상과 이념은 꽃에서 아무 힘을 발휘하지 못한다
다만 옷가슴 두근거리게 하는 나비와 벌들
심정에 겨워 춤춘다

햇살에 초록 움트는 소리 수런거리니
이 설렘 아무에게도
말하지 않으리라

잔존(殘存)

방향 표시판도 없는 길을 걸었다
모두 뜻이 달랐을까
길이 갈라지고 색깔이 각기 다르다
어떤 길은 춥고 어떤 길은 굶주렸다

억새꽃은 하얗게 노철학자의 수염으로 보기 좋았다
바람에 꽃씨는 날아가 변방에 앉는다
꽃씨는 새들의 먹이로 사라지고 일부만 남는다
생명이란 멸렬하기 위해 생겼던 것

서리 깔린 길이 누가 울고 간 길이거니
오늘의 시도 내일이면 생명을 부지하지 못할 것이다
산중의 돌부처가 걸어서 마을로 내려올 때까지
동구 밖 말뚝은 기다리고 있을 것이다

역전 주점

정육점에 매달린 노을이 흥청망청 팔려 나간다
돼지비계 몇 점 놓고 억압과 자유를 아프도록 씹을 수 있
는 술집
노역으로 땀을 팔아 살아보니
생은 질기고 안주는 짜다

기차는 밤 아홉 시에 막차가 청량리로 떠난다
거기 가면 청량한 사창가가 많았지

우린 고향 밀밭을 잊어버린 지가 오래되었어
종달새가 하늘을 보라고 얼마나 다그쳤었나
목돈 잡지도 못하고 석탄의 전성기는 오래전에 끝났다
술잔 속에 청춘이 익사한 지 오래다
경상도 친구여, 자넨 반월공단으로 간다고 했나
나는 이 산골에 물러앉아 사슴이나 키워보려 하네
알코올 속에 녹아도 나는 자책의 깨달음은 없었지
데이비드 허버트 로렌스의 아버지도 술주정뱅이 광부라

했어

깡패와 주먹이 주변을 에워싼다
나는 떨어져 뒹굴 생각을 먼저 했다
주먹 한 방에 코피가 쏟아지겠지
웃자, 명자라는 여자
명자꽃이 피는 봄날에

마술사

그는 허공에 손을 넣어 장미꽃을 꺼낸다
뭉친 보자기에서 비둘기를 꺼내 날려 보낸다
태운 종이에서 만 원권 지폐가 나온다

평범해서는 관심에서 벗어날 수밖에 없다
긴장이 진행되는 동안
그의 이마는 멀쑥하고
바람이 쓸고 간 마당 같다
숙달된 손의 움직임은 진실을 은폐한다
정신을 집중해 보아도 속이는 이면을 알 수 없다
관객을 속이고도 그는 공로상을 받았다
나를 바보로 만드는 속임수에 분노 대신 찬사를 보내다니

그의 마법이 불가능을 가능케 하니
거짓이 진실로 환원해버렸다
허명으로 그의 무대는 풍년이 들었다

관중을 속이고도 갈채를 받아먹고 사는 허무주의자
나는 언제 꽃 한 송이를 허공에서 꺼내나

꽃이 피네

사고 다발 지역을 용케 건너서 너는 왔다
그런 꽃나무를 용감하다고 해야겠다
점령군처럼 진달래가
산 빛을 갈아 치웠다
누가 부르기만 하면 금방
울어버릴 듯이 무덤가에 와 있었다
양지에도 저 음지에도
부르튼 눈이 글썽이는데
내가 몸이 더러워 너를
이만치 떨어져 그리워한다
세상이 온통 불붙는 것은
하소연이 아닌지
누구도 그 마음 알 수 없으니
꽃이 있는 동안만
나도 피어 있다

남해

하구는 고요하다
수초들은 쓸쓸함을 잘 견딘다
물새들은 허공을 날며 길을 내고 길을 지운다
섬은 뭍이 그리운 게 아니라 제 몸이 그립다
나도 내가 그리워 배를 만져본다
남해가 동백을 꽃피우는 것은
정열이 솟구쳤기 때문이다
보고 또 보아도 물리지 않는 것이 바다다
붉은 동백 여관이 나를 머물게 했던 봄날
동백섬엔 동백다방도 있고
어디서 방울을 울리며 물새가 날아와
동백 여자를 여관에서 꼬셔낸다
나는 달병 든 여자와 살았지만
언제 내가 여자와 살았던가, 그런 느낌이다
나는 오래 머물 사람이 아니다

제2부

9월

여름의 효능은 감소되었다
갈대가 구름을 쓸어 보낸다
물총새가 남쪽으로 날아간 자리에 다른 귀빈이 오리라
구절초는 인기척에 귀 기울인다

누구를 호명해서는 안 된다
이름을 부르면 꽃들은 울어버릴 것 같다
노역이 소득을 바라는 시간
과일나무가 머리에 선물을 이고 온다
저걸 그냥 받아먹을 수만은 없다

김립(金笠)

갈대밭을 어서 벗어나시오

징검다리 건너면 밥 냄새 나는 마을이 있으리다

고맙기는 하나 나는 낮달을 따라가겠소

빈 잔에 취한 생각을 읊조리니

구름은 앞장서고 나비도 따라오는구나

시대를 향해 정면으로 맞서지 못하고

칼보다 지팡이였고 밥보다 시 한 수였다

몸의 균형이 어긋나고 구체성을 잃을 때

객수로 요기를 하는 세월이었다

짚더미 깔고 잠 설치는 밤

개가 짖는 마을이 포근했다

나름대로 풍자한 골계는 봇짐에 담았다

풀벌레 소리를 베개 삼아

달빛을 덮고 누웠다

모성애

허공에 그물을 쳐놓고 거미는 어렵사리 연명하고 살았소
여름 한 철은 그런대로 날벌레들이 날아들어
먹고사는 일이 문제 밖이었소

산다는 것은 견딘다는 것이니
날이 추워지면서 거미의 마음은 저 많은 새끼들을
먹여 살릴 일이 막막했소
어떤 호구책이 없었던 어미는 마지막으로 제 몸을
새끼들에게 먹이로 내놓았소

어미의 사랑은 다 주고 가는 것이니
새끼들은 무자비하게 어미를 파먹고
살아남을 수 있었소

죽음이 소리도 없이 덮여버렸소

들풀

구름이 허공을 밟고 성큼성큼 걸어가는 아래
물가에서 염소가 울면 그쪽으로 머리를 돌렸다
오늘도 마냥 푸른 날

마디에 힘을 주면 강풍에도 꺾이지 않았지
사는 게 암암리에 이름 하나 드러내는 일이다
민들레는 털씨를 먼 변방으로 유배를 보내는 것인데
각자 분배된 곳으로 날아가 자생하는 법을 익히면
그게 초록 왕국이 되는 것이다
때론 내륙으로 달리는 기차를 타보고 싶었다
어떻게 사는 것이 세상에 도움이 되는지를 몰라도 된다
너희는 초록의 바탕이면 된다
잎에 이슬이 매달릴 때
지구는 그 이슬을 다치지 않고 달렸다

한해살이면 너희들은 족하다

자유방임이 스스로 사는 법을 익혔으니

이제 곡식보다 풀을 귀히 여기는 세상이 오리라

장마

미꾸라지를 잡던 추억이 있었다

미끄럼틀에서 빠져나가는 아이들을 생각하며

식당에서 추어탕을 먹었다, 한술 떠서

뜨거움을 후후 밀쳐냈다, 잘 식지 않았다

훌쩍훌쩍 우는 시늉으로 땀을 닦으며 아가리로 퍼 넣을 때

밖에 칠월의 장맛비가 쏟아져 내렸다

천둥 번개가 성질을 부렸다

어디서 붕 날아왔는지

미꾸라지 한 마리가 마당에 떨어져 있었다

저놈이 배밀이하며 온몸으로

내게로 접근해오는 것이다

나는 추어탕을 먹다 식당 후문으로 줄행랑쳤다

원경(遠景)

날개를 마음껏 폈다가 접으며 청둥오리가
물의 활주로에 미끄러진다
벌써 너희들이 오는구나

살찐 말에 비해 몸이 마른 나는
보상받을 길이 없다, 나의 풍아(風雅)에
누가 흐느끼는지 저렇게 갈대의 줄기도 야위었다
발랄한 여자들 가을 옷으로 갈아입었다
멀리 있는 전경은 뒷짐 지고 서서 바라보아야 느낌이 좋다

세상의 끝이 어디에 닿았는지 강은
긴 끈이 되어 풀려가는 것인데
하루가 들끓으니 화축(花軸)에 물소리만 감돌다 간다
강 숲엔 갈대가 수런거리고
하늘엔 양 떼 무리가 굼틀거린다

재회

영혼에 불이 켜진 듯 목련이 환하다
봄밤, 목련이 밤을 밝혀 잠을 잘 수가 없다
목련은 내게 말했다

사흘만 더 살다 가면 좋겠어요
그 말에 나는 화들짝 놀랐다

우리 언제 또 만나기로 해요
그때 먼저 전화할게요

나는 씁쓸히 끄덕여주었다

백목련 그늘에서

말뚝을 두 개 박고 줄을 쳤지요
붉은 댕기 맨 처녀들 금지 구역이라고 써 붙였지요
나는 종일 목련나무 아래
서성거리며 망을 보았지요
혹시나 머리에 붉은 모자 쓴 선거운동원이 오면 쫓아버리고
보험회사 여직원이 나타날까 긴장했지요
다만 나는 소박맞은 새댁 버선발에 흰 고무신 신고 오면
목련 집에 모셔 더부살이할 거요
날품팔이도 못 되는 나의 시업(詩業)은
땅거미가 기어들어 어둡지만
목련이란 여자의 치마폭은
봄밤에 더 환해질 거요

독백

죽음이든 삶이든
내 정신의 영토에는 이데아가 없다

자정이 넘은 시간에 깨어 있는 밤
꿈의 이랑을 밤새워 파헤치며 찾아봐도
문장의 빈자리에 심을 꽃모종 하나 찾지 못했다
다음 날 종일 꽃나무 아래 앉아 개미들의
완성된 행렬을 들여다보니
내 미완의 문장은 미래가 없다
한철을 사는 매미는
참말만 한 자루 넘게 남겼으나
나는 서투른 수사만 한 말 넘게 남겼으니
비판의 혹독한 세상으로 건너가 매 맞을 차례다

죄 없는 돌에 상처를 내어 시비를 세우는 건 비열하다
돌이 풍화로 가루가 될 때까지 울 것이니
나는 천둥이 내려와 돌 속에 들어가 살면서

같이 울어주기를 바란다

내 울증을 치료해준 것은
우연히 손등에 날아와 앉은 부전나비였다

봄들에서

병을 앓는 여자를 집에 눕혀놓고
들로 나가 돌미나리를 캐서 비닐봉지에 담았다
그것도 일이라고 땀이 났다
저쪽에서 할머니도 앉아서 꼼지락거린다
가까이 가서 보니 할머니가 민들레를 캐고 있었다
할머니가 병자를 보듯 나를 쳐다본다
내 아들이 대학교수래요, 불치병으로 병원에서 못 고친다
고 해
집으로 데려와 민들레 즙을 먹여 다 고쳤어요
나는 할머니가 구세주같이 여겨졌다

내 여자도 병원을 포기하고 물러난 상태다
약국에 약이 가득 있어도 없는 것이니
갑자기 불가능이 가능의 하늘로 붕 떠오르는 순간
전설 같은 이야기에 민들레를 열심히 캤다

병이란 사랑에 굶주린 것
병이란 사랑해주기를 바란다

삶

모란이 피어 좋은 날에 누님은
신부 되어 꽃가마에 실려 시댁으로 갔다
나는 잘살라고 꽃가마에 절을 했다

삼 년을 무소식으로 감감했다
어느 해 모란이 피던 날
누님은 꽃상여를 타고 애솔밭으로 갔다
잘 가라고 나는 꽃상여에 절을 했다

가구가 늙고 뒤란의 감나무도 늙어가는 동안
세월을 갉아먹고 한가롭게 살았다

그러던 어느 해 모란이 또 와서 좋은 날에
다 낡아진 매형이 찾아와서
누님 생각이 화들짝 되살아났다
매형과 나는 말이 없었다

아버지의 노을

불길 속으로 날아가는 새 떼를 바라보며
쭈그려 앉아 담배를 빨던 휴식은 어깨가 무거웠다
내일에 대한 근심이 떠나지 않았고
한 번도 법망에 걸리지 않았던 순응주의자
형이상학을 탐색하지는 않았으나
씨앗을 땅에 떨어뜨리면 발아하는 싹을 사랑했고
추일이면 손에 잡히는 소출을 기뻐했다
내가 묘지에 앉아 호드기를 불면
나비는 호기심에 날아오고
무릎 위에 햇살은 올라앉아 놀았다
나의 꿈은 구름 잡는 허망함이었으나
당신께선 곡물을 자루에 담으려고 땀을 바쳤다
그것을 새 발견인 양 기뻐했다
그리고 연기 속으로 사라졌다

화답(和答)

보게나, 귀뚜라미

자네의 옷차림은 천생 악사의 모습이야

연미복이 마음에 들어

가을이면 바쁘다면서

하긴 그렇지요

밤이면 풀밭 무대에 조명을 비추는

만월이 있어 미물들이 관객이 되었지요

자네의 연주 솜씨는 우주가 알아주는군

나로 말할 것 같으면 밑천이 없어서가 아니라

감각의 미숙으로 문장의 광휘를 드러내지 못하고 있다네

볼 낯이 없구먼

작별을 연주하는 밤

내가 기대고 살 세상은 짧지만

삶보다 죽음이 아름다워야 하겠지

나는 자네처럼 연주할 수는 없다네

다만 낙엽에 덮인 죽음과 입 맞출 뿐

까마귀의 전언

오감도를 읽었다

창문을 여니 까마귀는 허공의 십자가에 앉아 있다

까마귀보다 더 검은 것은 없지만

오늘은 눈부신 비취색이다

아니 황금색이다

나는 이상(李箱) 선생의 숭배자는 아니지만

까마귀를 보는 것은 초현실주의를 보는 것

문장의 개척을 외면한 채

스스로 시의 관(棺)을 짜는 나를 딱하다는 듯이 내려다본다

나의 시업(詩業)은 이미 도태되었다고 꾸짖는다

까마귀는 막다른 골목에서 말한다

장차 이상 선생이 돌아올 날에는

또 다른 후속편이 등장할 것이고

다시 종로 거리를

발칵 뒤집어놓을 거라고

제3부

조종(弔鐘)

그렇게 종속히 떠나기냐
무슨 다급한 일로 한해살이풀을 흔들며
떠나는 네 둥근 종소리
징검다리 건너 다른 언덕을 찾아가는 것인데
나비가 뒤따른다
어디 머물 대합실도 없는 종소리
가다가 지치면 빗돌과 놀았다
울음은 다른 울음을 만나 더 좋은 울음이 되는 것이지
듣기 좋은 울음이 되는 것이지
한사코 벙어리가 되지 못하고
불 꺼진 재 속에서 뼈를 헤집던
울음이 일품이었다

소리의 도둑

나는 들 귀뚜라미 한 마리를 납치해
집으로 가져오려는 계획서를 작성했다
짚으로 둥지를 엮어 벽에 걸어놓고
적적할 때 술잔을 놓고 비단을 짜는 소리를 들으면
영혼이 맑아지리란 생각으로 계획서는 완성되었다

드디어 입추가 지나고 작전 개시 날이 왔다
그물망을 준비하고 들로 나가니
풀숲에서 귀뚜라미의 독주가 진행 중이었다
발소리를 죽이고 다가가니 순간 연주 소리는 뚝 끊어졌다
우주가 이렇게 적막하다
내 납치 작전은 졸속이었던가
숨어서 나를 비웃는 귀뚜라미여
실의에 빠져 돌아오다 보니
다시 독주가 시작된다

나는 도리어 거미의 그물망에 납치될까 봐

엉금엉금 기어서 돌아왔다

와불(臥佛)

운주사 하늘 푸르고

낮달이 바퀴를 굴리며 서역으로 간다

유년기에 굴리던 굴렁쇠 같은 방식이었다

지루한 염불도 끝나고 나와 밥상에 마주 앉은

주지승은 산채 반찬에 고추장을 풀어

비빔밥을 게눈 감추듯 후딱 비운다

식욕이 없었다면 바리때도 비우지 못 했을 것

나는 풀냄새와 새소리에 배가 부르다

벽에 걸어놓은 경구가 내 관념을 바꿔놓는다

한 사발의 물이 달다

골짜기는 인식에 몰두한 벽안의 철학자가 살았는데

산비둘기가 날아와 탑의 그림자를 뜯어먹다 날아갔다

내 여망이 만개할 날은 오지 않을 것이다

하리(下里)의 많은 축생들은 애먼 역병으로 살아서 매장되었다는 비보

달빛이 연착륙하니 토룡(土龍)이 울고 있구나

부처님도 전갈을 듣고 누워 앓고 있다

가을의 탄금 소리

귀뚜라미가 구애의 첼로를 탄주한다
더 늦으면 만날 사랑도 없다는 듯이
하지만 이 가을에 내 시음(詩吟)은 아직
그릇에 담아 누구 앞에 내놓을 것이 못 된다
귀뚜라미를 맞을 면목이 없다

매미가 옷을 벗어놓고 떠난 지 오래다
나를 설레게 할 철새들이 몰려와도
간투사 하나 없이 나는 이 모양이다
들에는 허수아비가 손을 들어 만세를 부른다
참새들아! 부르니 새 떼가 몰려든다
허수아비도 한마디 했다
너희들을 위해 잔칫상을 차렸으니 마음 놓고 먹으렴

귀뚜라미여, 너는 사랑에만 배곯았으니
탄금이나 들려다오

패랭이꽃

해바라기는 다락같이 높이 살았고
풋내기 우리들은 벼랑 밑에서 살았지
하늘소가 하늘에서 쫓겨나 기어가는 땅
길은 전라도로 가는 길이었지
어떤 사연 있어 의인(義人) 하나 끌려가고
우리들은 멀어가는 뒷모습만 보았지
천둥에 놀라 움츠린 하늘소는 꼼짝을 않는다

황톳길에 나병 환자 하나 절뚝이며 간다
저렇게 걸어야 하는 것이 삶이라면
우리는 묶여 있는 삶이다
무엇이 슬픔인지 모르고 살았으나
병이란 절뚝거린다는 걸 알았다

우린 진흙땅에 코 박고 살았지
오늘은 소박한 마음 터뜨려 패랭이꽃 피었다

11월

끝물 고추 쭈그러들었다
서리 맞은 풀이 죽은 벌레 위에 눕는다
가더라도 흙에 얹혀 같이 가자는 거겠지

실패한 나는 손을 주머니에 넣게 된다
매운 고추로 입김을 달구어 얻은 시구(詩句)를 접시에 담아
내고 싶군
국화는 싸늘한 기온이 좋다는군
마른 풀 냄새를 마시니 가을을 숭배하게 된다
아이들아
우린 물가로 가서 돌아온 청둥오리를 환영해야겠지

무명인의 묘비에 비바람이 남긴 얼룩이
음각보다 오래갈 것 같다
앞으로 다가올 날이 영혼의 배고픔이라면
식어가는 햇살은 내 등허리를 싸늘하게 하겠지
들 까마귀 울음을 오래 간직하고 싶군

달력에는 만추의 풍경이 구겨지고

두 개의 말뚝이 서 있다

낙일(落日)

무덤처럼 편안한 의자에 앉아
적멸하는 끔찍함에 취해본다
이럴 때 요절한 시인의 시를 읊으면
헐값에 가야 할 내 생에 까마귀가 면박을 준다

사창가의 만취한 술집을 두고 우린 밥그릇을 챙기기 위해
공사장으로 간다
암갈색 까마귀는 센스가 빛났고
우주에서 온 UFO가 도시의 빌딩 숲을 빠져나간다
가난한 시인을 달래듯 불식(不食)으로 포식한 달이 뜬다
불륜의 도시 저녁 강둑에 앉아 담배를 빨며 종소리를 듣
는다
내가 물들지 않으면 저녁을 맞을 수 없다

반 고흐의 불타는 해바라기는 꺼져버렸다
나는 견딜 수 없는 시간이라 말해야겠다

염산(鹽山)

상고시대의 무덤이 발견되었다

보도가 퍼져나가자

백성들이 괴이하게 여겼다

고고학자들의 관심 속에 발굴된 왕의 무덤은

소금으로 관을 짜고 소금으로 짠 수의를 입혔고

소금 신발에 소금 관을 쓰고 있었다

육탈되지 않은 왕의 살결은 생전의 온전한 상태를 유지하고 있었다

허공에서 피리 소리가 들렸다

상서로운 봉황이 무덤에서 날아올랐다

왕의 용안은 웃음을 띠고 있었으니

나라 전체가 괴이하게 여겼다

만년 잠자고 있던 왕의 휴식은

장차 염서국(炎署國)으로 돌아와

염기(鹽氣)에 소금꽃 피워

부패한 세상을 구제할 것으로

백성들은 믿고 있었다

곰팡이

곰팡이는 항문이 없다
항문이 없으니 입이 없고 배설물이 없다
얼마나 청결한 녀석인가
바깥세상은 햇볕을 받아 꽃들이 잔치를 벌이지 않던가
너희들은 암실에만 세 들어 식구만 늘리고 있구나
입이 없어 먹을 수 없으니 색칠만 한다

곰팡이를 연구하는 회사도 있다
제약사 빌딩도 생겼다
곰팡이는 예뻐지려는 눈치
색칠하는 미술가를
꿈꾸는 눈치다

단풍 길

누가 벤치에 머물다 조금 전에 떠났다

잎이 떨어지는 소리는 잠언인 듯한데

나무 그늘이 벙어리매미 살다 간 자리라

그가 있을 때 낙원이었지

이별의 공통된 개념은 뒷모습이 소박하지 못하다는 것

귀뚜라미의 곡(哭)이 간헐적으로 들리는데

중풍 환자가 휠체어를 밀고 간다

리어카에 신문지 골판지를 밀고 가는 생도 있다

가난을 사랑하는 하루가 건강하다

하늘은 구름 모자 쓰고 가며 잘살아라, 그런다

단풍은 초록을 잡아먹고 모른 척하는데

설악의 봉우리는 부부가 되어 마주 바라본다

고압선에 전류가 흐르는 까닭에

골짜기는 불이 붙어 탄다

저것은 인간의 영역을 벗어난

신의 영역이거니

폐광촌 언덕에서

— 1970년

반공 포로 윤달주는 선산부
머슴 강민석은 후산부
전과자 배남준은 착암기 운전공
사상범 김민수는 유탄공
축첩 공무원 정연석은 갱목 운반공
나는 다이너마이트를 메고 다닌 발파공이었다

이들은 나와 생사를 같이한 길벗들이었지
심장이 불덩이처럼 뜨겁던 이립의 나이에

모두 목돈 모아 살아보자고 했다
꽃나무 아래 햇빛 길을 가자고 했다
반공 포로의 아들은 사법고시에 합격했고
머슴의 아들은 의과대학에 들어갔다고 자랑했다
그렇게 희망으로 부풀던 막장

죽은 그들의 공동묘지에 폐가 망가진 낮달이 뜬다

소복한 여인이 묘지에 와서 잡초를 뽑는다
미망인의 지난날을 물어보지 못했다

다시 철암에 가서

출렁다리 건너 골목을 벗어나면
광업소 건물이 추상화처럼 언덕에 서 있었다
탈의장에서 작업복으로 갈아입은 우리들은
검은 장화 신고 곡괭이와 삽
젯밥이 될지도 모르는 도시락 챙기고
입갱 시간을 기다려 갱목에 걸터앉아 담배를 나눠 피웠다

목돈을 잡고 떠나자
오래 머물다간 황천길이 될지도 몰라
그렇게 다짐한 결의가 있었으나 발을 빼기가 어려웠다
이립의 꽃 시절에 막장을 드나들었지
폐는 망가지고 매일 스트렙토마이신을 먹었어
붕락 사고로 거적주검이 된 동료 끌어안고
갱 밖으로 나오면 여자는 울었어

우린 밤새워 상여 틀을 꾸미고
새벽까지 술 마시며 조등 밝히고 입관을 했지
상여를 메고 온갖 장난을 치며 요단으로 보냈어

죽음이 땅거미처럼 기어들던 나날
탄가루 묻은 얼굴에도 역전 술집 여자
젓가락 장단에 청춘을 노래했다

기차는 오후 네 시에 철암을 떠났다
여행객들은 우리를 짐승으로 보았을 거야
모두 고개를 돌려 기차 꽁무니에 객수를 찍어 발랐지
비상 사이렌이 울렸다, 또 누가 묻혔는가

풋 새댁들 미망인의 치마 두르고 기차 타고 어디론가 떠
났다
악몽 같은 기억들 이제 폐광의 상처는 딱지가 앉고
묵은 공동묘지에 오르니
풀 귀뚜라미가 분묘를 지켰다

비

토인 여자가 옷이 흠뻑 젖은 채

빨간 양철 지붕 밑으로 들어선다

한 짐 짊어지고 온 빗방울을 차곡차곡 개켜서 구석에 던

진다

여자는 갈아입을 마른 옷이 없다

양철 지붕을 빗방울이 두들기고 또 두들겨 팬다

격렬한 난타에도 마루 위에 고양이는 눈을 뜨지 않는다

이미 습관이 굳어버린 지 오래다

영세한 토인 여자는 목측으로

불어나는 물의 수위를 측정한다, 자꾸 불어난다

고양이도 토인 여자도 양철 지붕에 올라갔다

양철 지붕은 탁류에 떠내려간다

고양이와 여자는 꼭 껴안았다

그들의 꿈은 바다에 가서

섬이 되어 사는 것이었다

가을이 있는 나라

북 치고 장구 치던 여름이었다
수해로 폐가를 남기고 여름은 떠났다

외나무다리를 건너 가을 여인들은 오는구나
단풍나무 그늘에서 또 만날 줄이야
옛날부터 전해오던 오곡백과의 나라
한 번도 거르지 않고 찾아주니 너무 고맙군
열대우림국에는 한 번도 들르지 않고
북극곰의 나라에 여행한 적이 없었지
우리는 술잔을 놓고 힘들게 빚어낸 나무 열매를 다시 맛
본다
우리가 단풍을 보지 않고 어찌
음객이나 명상가가 될 수 있겠는가

황금벌판을 달리는 기차를 타고
가을 나라로 여행을 떠나며 생각이 깊은 사람들은
읊으며 사는 것을 즐긴다

제4부

강가에 갔을 때

풀꽃들이 이름을 불러주지 않아 낮잠에 졸고
건너편에서 염소가 매 매 울었다
내 귀는 그 울음을 고봉으로 먹는다
웬 사나이가 낚싯대를 드리우고 강가에 앉아 있었다
나는 그의 곁에 가 앉았다
갑자기 낚싯대가 휘어지면서 퍼덕거리는 물고기를
사나이는 손으로 움켜쥐었다
월척을 쥐었다는 흥분이 내 일인 양 두근거리는데
사나이는 물고기를 쥐어보고 놓아줬다
물고기는 폐렴을 앓았고
사나이도 중풍으로 다리가 온전치 못했다
몹시 울던 염소가 조용해졌다

해무(海霧)

우리를 곤경에 빠뜨리는 것은 암초보다 무서운 저놈이다
척추가 없고 심장이 없는 끔찍한 놈
만선의 깃발을 올렸으나
방향감각을 잃고 빠져나갈 수가 없다
함정이 따로 없다

적막이 폭풍보다 무섭다는 것을
가마우지는 미리 알고 사라진 지 오래
포위망은 하루 종일 풀리지 않아 오리무중이다
선장은 모든 것을 포기했다
절망의 포위망에서 이젠 수장(水葬)을 기다릴 수밖에 없다
인간의 연한 육질을 노리는 식인 상어들 몰려들고
바다의 유령들은 숨어서 웃는다
탈진한 어부들은 체념의 깊은 잠에 빠져들었다
생사의 명중은 신만이 안다

어디선가 들려온다

불귀순의 표랑은 아득한 곳에서
간신히 무적(霧笛)이 울린다

개나리꽃

꽃나무의 봄꿈은
하늘에서 하강하는 것이었습니다
길이란 길은 끝없이 이어진 촛불이었습니다
아니 연등이라 해도 되겠지요
오늘 왕자의 행차가 있습니까

풍악이 앞장서 갔을까요
아직 눈 뜨지 않은 젖 강아지의 눈을 뜨게 하려고
어서 눈 떠라, 눈 뜨고 저걸 봐라
행렬의 끝이 보이지 않습니다

혼례 치르려던 누님의 상여 떠나간 봄날
누구는 화가가 물감을 주물러 국도변에 처발라놓았다고
했습니다.
저것이 초록 이전에 먼저 온
금관공화국의 척후병이 맞을 겁니다

꽃과 지폐

나는 불결한 손으로 꽃을 만지지 못합니다
얼마쯤 거리를 두고 보는 것으로
꽃의 순결을 훔치곤 하지요

현금인출기에서 좔좔좔 쏟아지는 물소리
나는 물소리를 손에 쥡니다
눈에 불을 켜고 지갑을 열었다 닫습니다
나는 지폐를 모으려고 땀을 바쳤으나
지폐를 모으는 법을 알지 못했습니다
어떤 기도를 올리면 되는지를 몰랐어요
시 한 편을 팔아 꽃을 샀습니다
지폐에 굴복하지 말자
꽃에 순종하는 법을 배우자 했지요

꽃집의 처녀는 꽃을 꽃으로 보지 않습니다
한 송이 두 송이 지폐로 계산하지요

그 여자

그때 나는 말단 광부의 사나이
여자는 속아서 내게로 왔다
중매쟁이가 소개하기를 일류 대학을 나온
광산 기사로 장래가 촉망되는 친구라고 풍선을 띄웠다

결혼식은 여자 쪽에서 떠맡아 일사천리로 끝냈다
우린 탄광촌 판잣집에 신접살림을 차렸지
첫날 내민 것은 땀과 탄가루가 범벅이 된 작업복이었다
오늘 중으로 빨아 내일 입도록 하라
나를 바라보는 여자가 어이가 없는 듯
희망이 물 건너간 현실에 숨어서 우는 것을 보았다
난 광산 기사가 아니라 말단 광부야, 내가 죽으면 당신
평생 먹고살 보상금이 약속되어 있는 거야

신혼의 꿈속에서도 석탄을 캤다
노란 민들레꽃이 탄가루를 덮어쓰던 봄날
수시로 비상 사이렌이 울리고 구급차가 갱구로 달렸다
우리는 죽은 동료들의 시체를 밤새워 염했다

상여를 메고 언덕을 오르면 젊은 미망인은 비틀거리다 쓰
러지고

여자는 불안해 못 살겠다고 투덜댔다
내가 여덟 시간 막장에 갇혔다가 갱 밖으로 나왔을 때
여자는 독을 품고 치마를 여미고 있었다
인간을 살게 하는 힘이란 어디서 생기는 것일까
광부의 아내가 되어 따라오던 여자는
가련하기도 했지만 막장에서 쓴 시가 신춘문예에 올랐다
그러곤 이렇게 삼류로 살아간다

먼저 가야 할 나는 살아 있고 살아 있어야 할
여자가 애솔밭으로 먼저 갔으니
까무러칠 일이다

외출

먼 길 와서 꽃은 주저앉는다

많이 힘들었겠지

나는 햇살 포개지는 들길을 걸으며 풀빛 공기를 마신다

볼 수 없는 것은 귀로 몰려와 간지럽힌다

풀밭에 유고 시집을 던져놓고

제비꽃 옆에 앉는다

플라스틱 병에 든 생수, 네게 한 모금 주랴

아니에요, 나는 제비가 보고 싶어요

나비가 왔다, 왁자한 봄의 수런거림 감당할 수 없었다

제 생각대로 사는 야생들이 부럽다

나는 단추를 풀고 크게 심호흡을 한다

철없는 봄날에 당뇨 앓던 누이야

시력을 잃은 누이는

눈에 봄이 안 보인다고 했다

마음속에 스민 풀냄새

하얀 배꽃이 흐드러져 두근거리던 날

누이는 증발하고

나무 그늘이 꽃보다 환해졌다

당진 바다에 가서

국도에서 벗어나 비포장도로에 들어서니
흙냄새가 확 안겨온다
저녁이 임박해 참새들이 숙박소를 찾아간다
나도 일박(一泊)이 절실한 때
바다로 가는 길은 춥다

홀로 그물을 손질하는 노인을 만났다
몸이 노쇠했지만 집착이 세밀해 보였다
터진 그물을 엮는 손길이 기계적이다

어르신 건강하시네요
그래요, 우린 병들어 죽는 게 아니고
바다가 덥석 물어가서 죽는 거지
불시에 사자로 변해 덤비는 녀석이지
그래도 녀석을 달랠 수밖에 없는 거요

노인은 아들을 삼킨 수평선에 잠시 눈이 가 있다
그물에 걸린 고기보다 빠져나간 세월이 많았다

날개 없는 폐선이 방치되어 있는 곳
해안선을 따라 걸어오는 저녁이 붉다
바다는 나를 삼킬 듯 으르렁거리며
웬 녀석이냐는 듯 훑어본다

짐승의 밥이 되지 않으려고
아니 되려 바다로부터 밥을 구하려고
사나운 짐승을 바라보며 노인은
터진 옆구리를 깁고 있었다

은거지(隱居地) 2

우편집배원이

솔부엉이 우표가 붙은 서한을 주고 간다

어느 시사(詩社)가 나를 찾아준다

솔부엉이가 용케도 번지를 알고 왔다

야생과 손잡은 일상이 유배인 듯 살아왔으니

하늘 선반에서 놀던 새가 날아와

내 귀에다 비색 음을 채운다

내 생이 만개할 날은 오지 않을 것이다

움집으로 왔던 길이 서둘러 비구니 따라 산속으로 가버

렸다

그 길로 인기척은 오지 말라

흰 수건 두른 낮달만 오너라

칡꽃이 필 때는 거기에 마음을 주고

시드는 것을 생각지 말자

무덤 속에도 달은 뜨겠지

새가 무덤 속으로 날아가버렸다

숨어 사는 번지가 세상에 알려질까 두렵다

도시의 페시미즘

인습적으로 떠돌길 좋아했다
빌딩 페인트공 시인을 떠올리며
자살 연습이라고
그 시인을 만났을 때 그는 고아원에 버려져 자랐다고 했다
불륜의 도시가 끔찍하기도 했으나 그건 내 정신의 공간을
넓혀준 계기가 되었지

어제의 시를 불태우고 다시 시의 출발선에 선다

왜 시를 쓰게 되었지요?
그거 우연히 그렇게 되었어요
정말 우연히 시골 장터에서 소월의 『진달래꽃』을 오백 원
에 샀어요
밤낮으로 옷가슴에 넣고 애지중지
소월의 향기에 취해 시를 주워 먹는 버러지가 되었지요
도시엔 관(棺)을 짜는 목수가 많았고
이산화탄소를 배출하는 괴물들이 줄을 이은 곳

도시를 노래한 시여

자살에 실패한 자의 진수성찬이여

흐르는 물을 보며 2

아무리 보아도 물리지 않았다
내 공심의 구석을 물소리가 채워주었으므로
시업(詩業)에 매진해 수국(水國)을 하나 세우고 싶다

매월당은 나뭇잎에 시를 적어 띄워 보냈다지만
나는 물에 사과 하나 띄워 보낸다
어느 꿈 많은 아이가 사과를 건져 천체를 연구하길 바라
면서

나는 참회의 시를 쓰지 못했으니
구제받을 수 없는 배금주의자다
물은 불륜의 도시를 뒤로하고 세상 끝으로 간다
저 물소리 순교처럼 간직하고 살면
내 마음 폐허의 늪에
물잠자리 날아들까

김삿갓 묘에서

잔디가 허술한 묘는 관절이 아팠다
망초꽃은 쉰밥으로 마르고
비석의 얼룩이 세월의 얼굴인 듯
나를 유심히 훑어보며 어느 땅에서 온
무슨 계열의 혈족인지를 묻는다
죄라고 생각한 생애가 해를 가리고
몸에 밴 행려는 구름이 앞장서 길을 터주게 했겠다
야립(野笠)과 막대가 없었다면 외로웠을 행장
풍자와 골계를 뿌린 연유를 상상하기 어렵지 않다
허기진 산이 여러 겹이다
시간을 재며 흐르는 물이 영원하기를 바랄 뿐
독대하지 못한 시대를 읽으니 늑골이 결린다
달이 머물다 간 숲엔 산비둘기 허기지고
나비가 저승 냄새 피우다 간다

낮은 자리의 들레에게

철로 변에 노란 브로치가 흩어져 있다
웬 브로치냐, 저 귀한 것들
자세히 보니 모두 들레다
민 씨의 성을 가진 들레다
들레 아이들, 키 작은 녀석들
누가 부르기만 하면 따라올 것 같았다

너희들 기차 타고 어디로 가고 싶은 게로구나
하지만 너희들은 키가 너무 작아서 기차를 탈 수 없단다
키 큰 역장이 타일러주었다
들레는 그리움만 부풀어 올 것 같았으나
다른 속셈이 있었다

어느 날 털모자 쓴 녀석들이 낙하산을 타고 날아올랐다
가장 낮은 자리의 녀석들이
멀리 갈 수 있다는 것은

기차를 타고 가는 게 아니라
하늘로 날아가는 것이었다

꽃 핀 무덤

죽음이란 멀리 갔다가 적적하면 돌아와 할미꽃 피는 것
어린 것을 늙었다고 하는 것은 봄에 대한 실례다

그대 이름이 달래였는데 빗돌에 새겨져 나를 본다
달래란 이름을 내가 얻어서
옷가슴에 넣고 다녔으나 이젠
장방형 토실에 임대한 방을 얻어 살림 잘살겠다

낮달의 바퀴는 굴러서
서역으로 골고다로 순례길을 가는 것인데
음각으로 새겨진 그대 이름을 입속에 넣으니 경단 같다
나는 빗돌을 빗돌이라 부를 수 없고
그대도 빗돌이 무엇인지를 모른다
그대를 아는 사람 나밖에 없고
나를 아는 사람도 그대밖에 없으니
스쳐간 밀월의 신혼 열차는
돌아올 수 없는 국경을 건너갔다

봉분 위에 꽃 하나

어디서 지친 나비가 와서

입술이 부르트게 빨다 간다

청골 마을

동구 밖은 냇물이 주절댔다
물은 평정심으로 살려는 습성을 지녔다
어느 집은 잔칫날이 연속이었고
어느 집은 조등(弔燈)을 다는 날이 연속이었는데
징과 꽹과리의 만남은 눈물나게 함께 살자는 묵시가 있었다

꽃가마는 들어오고 꽃상여는 나가던 길이 읍으로 통하던
유일한 길이었다
목숨은 한 번씩 돌림병에 붙잡혀 무덤의 근처를 헤매다가
복사꽃 핀 날 살아난 행운아들이었다

예고도 없이 폭발하던 천둥소리에
젖 강아지의 눈이 뜨이던 곳
거긴 지금 집이 다섯 채다

슬픔까지 가난한

황정산

1. 들어가며

김우창은 시인 한용운을 "궁핍한 시대의 시인"이라 명명한 바 있다. 사회적, 정신적 궁핍이, 존재하지 않은 이상을 추구해나가고자 한 한용운의 시의 중요한 동력이 되었다는 것이다.

그런데 그로부터 거의 한 세기가 지나간 지금은 어떤 시대인가? 많은 비약을 무릅쓰고 범박하게 말하자면, 지금은 슬픔의 시대이다. 단군 이래 최대의 번영도 거치고 세계 11번째 경제대국이 된 지금 슬픔을 얘기하는 것이 좀 의아할 수도 있다. 부가 증대하고 기술이 발전하면서 삶에 필요한 많은 것들이 갖춰져 점점 커져가는 욕망을 충족시켜 가고 있는 이때 슬픔은 걸맞지 않은 정서인 것처럼 느껴진다. 하지만 그렇기 때문에 슬픈 시대이다. 욕망이 커질수록 슬픔은 더 커져가기 때문이다.

간단히 말하자면 슬픔이란 욕망의 좌절이 가져온 정서적 반응이다. 근원적인 결핍을 가지고 태어난 우리는 항상 무엇인가를 통해 그것을 채우고자 한다. 그것이 바로 욕망이다. 그러나 그러한 욕망은 결코 완전하게 채워지지 않는다. 욕망의 현실적 실현은 항상 근원적인 결핍에는 부족하거나 모자라기 때문이다. 그래서 결핍을 보상하기 위해 무엇인가를 갈구하지만 그것 역시 또 다른 욕망만을 만들어낼 뿐이다. 욕망의 충족은 끊임없이 유보되고 우리는 욕망의 대리물 사이를 끊임없이 표랑할 뿐이다. 바로 이런 것이 라캉이 말한 "욕망의 환유적 연쇄"일 것이다.

그런데 이러한 욕망의 환유적 연쇄에 대응하는 인간의 정서가 바로 슬픔이다. 이렇게 보았을 때 세상은 슬픔 그 자체이다. 하여간 슬픔은 채울 수 없는 욕망의 좌절을 피하지 않고 대면할 때 생기는 감정이다. 이러한 슬픔을 피하기 위해 슬픔을 느끼는 주체를 부정해서 자기 파괴로 몰고 가면 자살 같은 죽음 충동이 된다. 반대로 슬픔을 가져온 욕망의 대상에 대한 파괴를 감행해 가면 그것은 폭력이 되고 파시즘이 된다. 욕망의 좌절이 심화되어 슬픔이 많아질수록 자살과 범죄가 늘어나는 것이 바로 이를 잘 말해준다.

그러나 이러한 죽음 충동과 폭력에 비해 슬픔은 욕망의 좌절을 가져온 현실 그 자체를 받아들이는 감정이다. 때문에 그것은 역설적이게도 강인한 감정이다. 좌절을 피하거나 다른 것으로 환원하지 않는 슬픔은 또 사실은 가장 진정하고 근본적인 감정이기도 하다. 슬픔 이외의 여타의 감정들, 기쁨이라든가 분노라든가 하는 것들은 어쩌면 슬픔을 강조하거나 슬픔을 견딜 수 있게 해주는 보조적이고 파생적인 감정이라고 볼 수도 있다.

하지만 자본주의는 이러한 슬픔을 은폐한다. 자본주의는 인간의 완전한 욕망 충족이라는 환상을 심어준다. 자본주의는, 결핍을 인정하려는 그래서 슬픔을 느끼는 사람들을 꼬드겨서 그러한 결핍을 보상하고 완전한 욕망 충족이 가능하다는 것을 믿게 만들어 끝없이 상품을 사게 만든다. 때문에 자본주의적 인간은 슬픔을 모른다. 욕망이 좌절되어도 계속되는 물질의 추구가 이러한 욕망 충족을 완성시키리라 믿기 때문이다. 슬픔을 드러내는 것은 어쩌면 이러한 은폐에 저항하는 가장 근본적인 행위일지도 모른다.

정일남 시인의 이번 시집은 바로 이 슬픔을 다루고 있다.

2. 폐허 위의 삶

정일남 시인의 시를 읽으면 폐광 근처에 서 있는 시인의 모습이 떠오른다. 아니 어쩌면 정일남 시인의 시에서 우리 모두는 폐광과 같은 폐허 위에 서 있는지도 모른다. 그의 시에 등장하는 많은 이미지들은 우리로 하여금 이런 폐허를 연상하게 한다.

> 반공 포로 윤달주는 선산부
> 머슴 강민석은 후산부
> 전과자 배남준은 착암기 운전공
> 사상범 김민수는 유탄공
> 축첩 공무원 정연석은 갱목 운반공
> 나는 다이너마이트를 메고 다닌 발파공이었다
>
> 이들은 나와 생사를 같이한 길벗들이었지
> 심장이 불덩이처럼 뜨겁던 이립의 나이에
>
> 모두 목돈 모아 살아보자고 했다
> 꽃나무 아래 햇빛 길을 가자고 했다
> 반공 포로의 아들은 사법고시에 합격했고
> 머슴의 아들은 의과대학에 들어갔다고 자랑했다
> 그렇게 희망으로 부풀던 막장
>
> 죽은 그들의 공동묘지에 폐가 망가진 낮달이 뜬다
> 소복한 여인이 묘지에 와서 잡초를 뽑는다
> 미망인의 지난날을 물어보지 못했다
>
> ──「폐광촌 언덕에서」 전문

발파공으로 광산을 떠돌던 시인의 고단한 삶의 이력이 이 작품에 고스란히 드러나 있다. 그러나 이 시의 초점은 이러한 삶의 이력과 남다른 시인의 경험을 재현하는 데에 있지 않다. 이 시가 말하고자 하는 바는 마지막 연에 있다. 여기에 등장하는 시인의 동료들처럼 우리는 희망으로 이 팍팍한 세상을 살아간다. 그래서 번듯한 가정을 꾸리고 남 못지않은 행복을 구가하리라 생각한다. 그리고 그 사소한 행복들을 더러 자랑하면서 살아오고 있다. 하지만 그것의 끝은 "망가진 낮달이 뜬" 공동묘지일 뿐이다. 그리고 결국 살아남은 자의 손에 쥐어지는 것은 그 묘지에서 뽑은 잡초일 뿐이다. 이렇게 보면 우리는 이 잡초를 위해서 살아온 것인지도 모른다. 아니 우리의 삶이 이 잡초가 우거진 묘지인 온통 폐허 위에 존재하고 있는지도 모를 일이다. 정일남 시인이 이 시집에서 구축한 삶의 모습은 바로 이 폐허의 이미지이다.

이런 폐허 위에서는 자연마저 시들어가는 모습으로 나타난다.

끝물 고추 쭈그러들었다
서리 맞은 풀이 죽은 벌레 위에 눕는다
가더라도 흙에 얹혀 같이 가자는 거겠지

실패한 나는 손을 주머니에 넣게 된다
매운 고추로 입김을 달구어 얻은 시구(詩句)를 접시에 담
아내고 싶군
국화는 싸늘한 기온이 좋다는군

마른 풀 냄새를 마시니 가을을 숭배하게 된다
아이들아
우린 물가로 가서 돌아온 청둥오리를 환영해야겠지

…(중략)…

달력에는 만추의 풍경이 구겨지고
두 개의 말뚝이 서 있다

　　　　　　　　　　　　　　　—「11월」부분

　메말라 죽어가는 가을의 사물들을 스산한 모습으로 배치하여 보여주고 있다. 그런데 그 스산함이 아름답다. 왜 이 삭막한 풍경이 아름답게 느껴지는 것일까? 잊어버린 풍경을 다시 떠올려주기 때문이다. 우리는 이 폐허로 변하는 가을의 풍경을 항상 잊고 지낸다. 잠시 동안에 불과한 꽃 피는 계절은 오래 간직하면서 왜 이 폐허의 시간을 잊어버리고 사는 것일까? 우리는 생명과 그것의 번영과 그 번영이 가져오는 풍요를 행복이라고 믿고 살기 때문이고 그 믿음으로 우리 삶을 지탱하기 때문이다. 시인은 그 믿음을 지우고 11월이라는 폐허의 시간을 우리 삶의 기둥으로 다시 세운다.

우린 고향 밀밭을 잊어버린 지가 오래되었어
종달새가 하늘을 보라고 얼마나 다그쳤나

목돈 잡지도 못하고 석탄의 전성기는 오래전에 끝났다
술잔 속에 청춘이 익사한 지 오래다
경상도 친구여, 자넨 반월공단으로 간다고 했나
나는 이 산골에 물러앉아 사슴이나 키워보려 하네
알코올 속에 녹아도 나는 자책의 깨달음은 없었지
데이비드 허버트 로렌스의 아버지도 술주정뱅이 광부라
했어

깡패와 주먹이 주변을 에워싼다
나는 떨어져 뒹굴 생각을 먼저 했다
주먹 한 방에 코피가 쏟아지겠지
웃자, 명자라는 여자
명자꽃이 피는 봄날에

—「역전 주점」 부분

시인이 경험한 삶은 삭막함과 거칢의 세계이다. 하지만 우리
가 사는 현실에서는 그런 것을 극복한 성공도 안식도 존재하지
않는다. 이 시에서처럼 시인 자신이 남아 있는 곳은 폐허와 같
은 사창가와 주점들로 에워싸인 역전이다. 시인은 떠나기 위해
역전에 와 있을지 모르지만 더 이상 떠날 곳 없이 이곳에 돌아
와 붙잡힌 존재이기도 하다. 그런 시인에게 봄에 피는 명자꽃마
저 폭력의 산물인 코피로 보인다.

어찌 보면 우리가 사는 세상이 폐허 위에 있는 것이 아니라
우리의 삶이 폐허를 만들어내고 있다. 그것을 다음 시는 아주

상징적으로 보여주고 있다.

풀꽃들이 이름을 불러주지 않아 낮잠에 졸고
건너편에서 염소가 매 매 울었다
내 귀는 그 울음을 고봉으로 먹는다
웬 사나이가 낚싯대를 드리우고 강가에 앉아 있었다
나는 그의 곁에 가 앉았다
갑자기 낚싯대가 휘어지면서 퍼덕거리는 물고기를
사나이는 손으로 움켜쥐었다
월척을 쥐었다는 흥분이 내 일인 양 두근거리는데
사나이는 물고기를 쥐어보고 놓아줬다
물고기는 폐렴을 앓았고
사나이도 중풍으로 다리가 온전치 못했다
몹시 울던 염소가 조용해졌다

—「강가에 갔을 때」 전문

강가에서 본 한가한 풍경이 시인에게 범상하지 않게 다가온
다. 우리는 모두 월척을 꿈꾸며 낚시를 하는 낚시꾼의 심정으로
삶을 살아가고 있다. 다가온 행운과 그것으로 거머쥘 행복을 위
해 모든 시간을 바치고 있다. 그런데 거머쥘 수 있는 것은 무엇
일까? 이 시에서처럼 먹지도 못할 병든 물고기 한 마리다. 그러
면서 결국 우리도 병들다 죽어간다. 이렇듯 우리의 삶이란 폐허
로 가는 시간이고 결국 그 폐허가 우리를 위해 준비하는 죽음으
로 나아가는 길일 뿐이다. 정일남 시인은 이렇게 우리의 삶이

폐허를 만들어내고 있다고 우리를 다시 일깨운다. 다음 시는 이를 비유적으로 말해주고 있다.

나는 불결한 손으로 꽃을 만지지 못합니다
얼마쯤 거리를 두고 보는 것으로
꽃의 순결을 훔치곤 하지요

현금인출기에서 좔좔좔 쏟아지는 물소리
나는 물소리를 손에 쥡니다
눈에 불을 켜고 지갑을 열었다 닫습니다
나는 지폐를 모으려고 땀을 바쳤으나
지폐를 모으는 법을 알지 못했습니다
어떤 기도를 올리면 되는지를 몰랐어요
시 한 편을 팔아 꽃을 샀습니다
지폐에 굴복하지 말자
꽃에 순종하는 법을 배우자 했지요

꽃집의 처녀는 꽃을 꽃으로 보지 않습니다
한 송이 두 송이 지폐로 계산하지요
―「꽃과 지폐」 전문

시인이 사랑하는 것은 아름다운 꽃이다. 그 꽃을 보기 위해 그리고 그 꽃을 사기 위해 시인을 시를 쓴다. 아니 어쩌면 시인이 쓴 시가 꽃인지도 모른다. 하지만 세상은 그 꽃을 꽃으로 보지 않는다. 다만 "한 송이 두 송이 지폐"로 바라볼 뿐이다. 바로 이 지폐로 환원되는 세상은 폐허가 된다고 시인은 말하고 싶은 것이다. 조금 과한 해석일 수 있지만 시인이 돈이라는 단어 대신 지폐를 택한 것도 이와 무관하지 않을 것이다. 지폐가 주는 어감이 폐허와 닮았기 때문이다.

3. 욕망 대신 슬픔

세상이 온통 폐허라면 이 폐허를 어찌 견뎌야 할까? 시인은 슬픔을 받아들이는 것으로 그것을 견딘다. 앞서 지적했듯이 슬픔은 욕망의 좌절로부터 온다. 그러므로 그것은 강요되는 것이다. 때문에 우리 모두는 가급적 슬픔을 피하고자 한다. 그 슬픔을 피하기 위해 우리는 욕망을 끝없이 추구한다. 욕망의 채움이 주는 쾌락이 우리로 하여금 슬픔을 잊게 만들기 때문이다. 하지만 그렇게 사라지는 슬픔은 없다. 우리의 욕망은 채워지지 않기 때문이다. 권력이나 자본을 추구하여 욕망을 채우든 잠시의 쾌락으로 욕망을 대신하든 우리의 욕망은 항상 빈 공간을 만들어 두기 때문이다.

정일남 시인은 다른 길을 추구한다. 그것은 바로 이 슬픔을 대면하는 길이다. 때로 어떤 이들은 슬픔을 가장하거나 과장하기도 한다. 하지만 그럴 때 그 슬픔은 그 진정성을 상실하고 가식이거나 감상이 되어버린다. 정일남 시인은 그런 방식이 아니

라 이 슬픔이 가진 아름다움을 보여줌으로써 그 슬픔의 기원이
되고 있는 욕망을 덜어내고자 한다. 슬픔을 피하고자 할 때 욕
망은 더욱 큰 입을 벌려 우리를 삼키지만 슬픔을 받아들이고 말
면 그 욕망은 그 슬픔의 크기만큼 작아지기 때문이다.

　　무덤처럼 편안한 의자에 앉아
　　적멸하는 끔찍함에 취해본다
　　이럴 때 요절한 시인의 시를 읊으면
　　헐값에 가야 할 내 생에 까마귀가 면박을 준다

　　사창가의 만취한 술집을 두고 우린 밥그릇을 챙기기 위해
　공사장으로 간다
　　암갈색 까마귀는 센스가 빛났고
　　우주에서 온 UFO가 도시의 빌딩 숲을 빠져나간다
　　가난한 시인을 달래듯 불식(不食)으로 포식한 달이 뜬다
　　불륜의 도시 저녁 강둑에 앉아 담배를 빨며 종소리를 듣
　는다
　　내가 물들지 않으면 저녁을 맞을 수 없다

　　반 고흐의 불타는 해바라기는 꺼져버렸다
　　나는 견딜 수 없는 시간이라 말해야겠다
　　　　　　　　　　　　　　　　　　　　—「낙일」 전문

해가 지는 시간은 슬픈 시간이다. 그것은 한 시간이 사라지는

시간이기도 하고 대낮에 삶의 활동으로 추구해온 욕망을 더 이상 채울 수 없는 시간이기도 하기 때문이다. 그렇기 때문에 이 시에서 "적멸하는 끔찍함에 취"한다는 것은 슬픔을 받아들이는 행위이다. 그 슬픔을 받아들이는 행위가 시인에게 시 쓰는 일일 테고 또한 "헐값에 가야 할 내 생"이 된다. 그것을 시인은 "불식으로 포식한 달"이라는 일종의 말장난으로 표현하고 있다. 불식이란 먹지 못한다는 뜻이고 그것은 곧 욕망의 좌절을 의미하고 바로 슬픔이기도 하다. 시인의 가난과 삶의 고통을 이 짧은 단어로 표현했다고 할 수 있다. 가난으로 점철된 시인의 삶은 이 슬픔의 기록이기도 하다. 그런 점에서 "포식한 달"은 "반 고흐의 불타는 해바라기"와 같은 의미를 갖는다. 그것은 슬픔 속에 감춰진 욕망의 대리물이다. 이 대리물이 시인의 시와 고흐의 그림을 낳은 원동력이다. 시인은 바로 이 욕망에 내재한 슬픔을 "견딜 수 없는 시간이라 말"하면서도 또한 그것을 견디고 있다. 이는 감상적인 과장 없이 슬픔을 온전히 받아들이는 자세이다.

병을 앓는 여자를 집에 눕혀놓고
들로 나가 돌미나리를 캐서 비닐봉지에 담았다
그것도 일이라고 땀이 났다
저쪽에서 할머니도 앉아서 꼼지락거린다
가까이 가서 보니 할머니가 민들레를 캐고 있었다
할머니가 병자를 보듯 나를 쳐다본다

내 아들이 대학교수래요, 불치병으로 병원에서 못 고친다
고 해
　　집으로 데려와 민들레 즙을 먹여 다 고쳤어요
　　나는 할머니가 구세주같이 여겨졌다

　　내 여자도 병원을 포기하고 물러난 상태다
　　약국에 약이 가득 있어도 없는 것이니
　　갑자기 불가능이 가능의 하늘로 붕 떠오르는 순간
　　전설 같은 이야기에 민들레를 열심히 캤다

　　병이란 사랑에 굶주린 것
　　병이란 사랑해주기를 바란다

─「봄들에서」 전문

　이 시집의 표제작이기도 한 이 작품은 시집의 주제이기도 한 슬픔의 이미지를 아주 아름답게 보여주고 있다. 가장 메마르고 가장 낮은 곳에서 잡초로 자라 소박한 꽃을 피우는 민들레는 우리가 겪는 슬픔을 함축하는 꽃이다. 그런데 그 슬픈 꽃이 병을 치료하는 약이 된다고 하니 시인은 갑자기 병든 아내를 위한 희망을 발견한다. 물론 그 희망이 실현되리라고 시인은 믿지 않는다. 그 희망이 단지 사랑을 깨우쳐주는 도구가 된다는 것을 마지막까지 바랄 뿐이다.

　그런데 슬픔을 받아들여 사랑을 실천하는 것은 어떻게 가능할까? 그것은 스스로 가난해지는 길이다. 욕망의 크기가 좌절을

크게 하고 그것에 의한 슬픔마저 크게 한다. 그 비대해진 슬픔
이 세상을 지배할 때 세상은 파괴적이고 폭력적이 된다. 못 가
진 자에 대한 가진 자의 폭력이 난무하고 절망한 사람들의 자살
이 많아지는 것도 이와 무관하지 않다. 욕망이 더 큰 욕망을 부
르고 폭력이 또 다른 폭력을 부르고 좌절이 자기 파괴로 나아가
기 때문이다. 그러므로 슬픔을 대면하기 위해서는 가난해져야
한다. 가난해지는 것은 스스로 추구하는 욕망의 크기를 줄이는
길이다. 그럴 때 그것의 결핍이 주는 슬픔은 우리가 견딜 수 있
는 삶의 방식 하나로 존재하게 된다. 정일남 시인이 택한 길이
바로 이것이다.

구름이 허공을 밟고 성큼성큼 걸어가는 아래
물가에서 염소가 울면 그쪽으로 머리를 돌렸다
오늘도 마냥 푸른 날

마디에 힘을 주면 강풍에도 꺾이지 않았지
사는 게 암암리에 이름 하나 드러내는 일이다
민들레는 털씨를 먼 변방으로 유배를 보내는 것인데
각자 분배된 곳으로 날아가 자생하는 법을 익히면
그게 초록 왕국이 되는 것이다
때론 내륙으로 달리는 기차를 타보고 싶었다
어떻게 사는 것이 세상에 도움이 되는지를 몰라도 된다
너희는 초록의 바탕이면 된다
잎에 이슬이 매달릴 때

지구는 그 이슬을 다치지 않고 달렸다

한해살이면 너희들은 족하다
자유방임이 스스로 사는 법을 익혔으니
이제 곡식보다 풀을 귀히 여기는 세상이 오리라

―「들풀」 전문

시인은 곡식보다 들풀이 되고자 한다. 욕망을 채우고 그것을 키우는 곡식이 아니라 쓸모 없어 결국 쓸모가 되는 들풀이 되고자 한다. 그것은 다른 말로 하면 욕망의 크기를 줄이고 스스로 슬픔을 받아들이는 존재가 되는 방식이다. 그렇게 될 때 우리의 삶은 한해살이로 살아가는 자신의 소박한 존재를 받아들이고 자유를 되찾게 된다. 그것이 바로 시인이 바라는 삶일 것이다. 영원히 살 것처럼 욕망을 키우고 그 욕망을 채우기 위해 갖은 노력으로 세상을 어지럽히기보다는 욕망을 줄여 그것이 주는 결핍을 받아들이는 것이 훨씬 의미 있는 길임을 시인은 역설하고 있다.

4. 맺으며

슬픔을 받아들이는 것은 괴로운 일이다. 욕망이란 채울 수 없는 것이고 채울 수 없는 그 욕망의 빈 구멍에서 슬픔은 끝없이 자라나기 때문이다. 그래서 슬픔을 받아들이지 못하고 우리는 가벼운 쾌락에 몸을 맡기게 된다. 하지만 그렇게 될 때 우리는 경박해진다. 슬픔을 가져오는 근원적인 결핍을 생각하지 못하기 때문이다. 그 결핍은 우리가 가진 인간 존재의 한계에서도 오고 사회적 모순에서도 온다. 그리고 어쩌면 시인은 이 근원적인 결핍을 끝없이 부정하고 헛된 희망으로 채우려는 자이기도 하다. 그 무모한 시도가 우리를 반성하게 만들고 우리가 사는 세상을 바꾸는 미약한 힘이 된다. 정일남 시인의 시가 바로 이것을 잘 말해준다. 가난을 택해 그것으로 슬픔을 받아들인다. 정일남 시인의 들풀 같은 소박한 언어가 깊은 울림과 사유의 무게를 얻게 되는 것은 바로 이 지점이다.

黃貞産 | 시인·문학평론가